editora hecatombe

NÃO HÁ NADA MAIS PARECIDO A UM FASCISTA DO QUE UM BURGUÊS ASSUSTADO

organizadora:
debora ribeiro rendelli

editora Hecatombe
primeira edição
2021

editora hecatombe
rúa juan bautista de andrade, 67 — 5A
36005 pontevedra

rua maestro demétrio kipman, 210,
jardim américa, bragança paulista — sp,
brasil
12902-130

[+55] 11 94859 2426 [brasil]
[+34] 644 951 354 [galiza]

www.editoraurutau.com.br
editorahecatombe@gmail.com

[EDITORA]
debora ribeiro rendelli
[REVISÃO]
maria do carmo ribeiro leal
[DIAGRAMAÇÃO]
victor h. azevedo
[CAPA]
wladimir vaz
[ISBN]
978-65-87938-02-8

dados internacionais de catalogação na publicação (CIP) de acordo com ISBD

N194 não há nada mais parecido a um fascista do que um burguês assustado / organizado por debora ribeiro rendelli. — bragança paulista, sp : hecatombe. 84 p. ; 14cm x 19,5cm

ISBN 978-65-87938-02-8

1. Literatura brasileira. I. Rendelli, Debora Ribeiro. II. Título.

2020-2703

CDD 869.8992
CDU 821.134.3(81)

elaborado por vagner rodolfo da silva - CRB-8/9410

sumário

[11] **[prefácio]**
O Estado de Coisas onde viemos parar
por Ademir Demarchi

[15] Coletivo Potiguar
[19] Samy Sfoggia
[20] Armando Martinelli
[21] José Antônio Cavalcanti
[24] Constança Guimarães
[27] Luiza Therezo
[28] Felipe da Fonseca
[29] Fernando Ramos
[31] Gabriel Morais Medeiros
[33] Ronaldo Cagiano
[35] Gabriela Luna
[36] Pedro Panhoca da Silva
[38] Mariana Pio
[40] Pilar Bu
[43] Athos Ronaldo Miralha da Cunha
[44] Martiño Maseda
[45] Marina Goldfarb
[46] Nitiren Queiroz
[47] Franciele Mussio
[48] Phillipe Sakai
[50] Vera Lúcia Parenza
[51] Lopse Lazuli
[53] Rafael Daguerre

[54] Lucas Grosso
[56] Paulo Esdras
[58] Jupyra Carvalho
[60] Ricardo Lacava
[62] Kadu Hamett
[63] Milene Colin
[65] Manuella Bezerra de Melo
[68] Roberto Andreoni
[70] Estúdio Hermético
[71] Sabrina Lima
[72] Messias Botnaro
[75] Armison Rodrigues Pereira
[76] Vinícius Ribeiro
[77] Thaís Campolina
[79] Daguito Rodrigues
[80] Marcelo Alcaraz

[Prefácio]
O Estado de Coisas onde viemos parar

Todos têm se perguntado de forma angustiante, muito piorada com a pandemia, sobre como se chegou ao estado de barbárie e definhamento institucional em que se está. Certo é que estamos num presente perpétuo, de perda do referencial histórico e da memória, instigados apenas pelas séries sem fim das publicações das redes sociais ou esvaziados veículos de mídia, que bombardeiam as mentes com bizarrices e absurdos, tendo como centro orientador e difusor o desgoverno sediado em Brasília, sem qualquer sinal de que haverá alguma mudança para melhor, sendo, além disso, quase nulas as tentativas de protesto.

Não há nenhuma novidade no que está acontecendo. O país sempre foi uma fazendona manipulada por interesses estrangeiros, sobretudo dos EUA, hábil contumaz em manipular os caipiras que ocupam postos de governo. Não à toa já foi conhecido como "bananão", tal a sua vocação agrária e idiotizada, mais uma vez reafirmada contemporaneamente, tendente à escravização de pessoas e à exploração de recursos naturais, mão de obra e tudo o mais em grau máximo em favor dos interesses econômicos de países, empresas, investidores, políticos...

Se houve um fôlego de otimismo de que a democracia aqui vingaria, dado o que se conseguiu no período pós-ditadura de 1964, com imensas manifestações, conquistas de eleições e reelaboração de uma constituição que definiu numerosos direitos abrindo-se a possibilidade de enriquecimento da vida social e cultural do país, esse fôlego definhou. Seu auge foi a eleição de Lula, algo impensável antes, tendo em vista que ele veio do meio operário explorado pelo sistema econômico, amplificando uma gama de reivindicações dos setores explorados e, sendo eleito, ganhando uma oportunidade de governar visando à mudança, à distribuição de renda, enfim, de governar como estadista e em resposta às demandas colocadas pelo processo de redemocratização, cuja constituição de 1988 passou a ser o documento referencial de todo esse período. Se Lula passou décadas lutando para ser aceito como candidato e enfim eleito, ganhando as eleições duas vezes, suportando humilhações, golpes, trapaças, como as impostas por Collor ou por donos de poder como a Globo e jornalões, suas ações de governo, inúmeras e benéficas, foram toleradas respeitando-se um espaço democrático de disputa construído e negociado que, no entanto, passou a ser desmontado de forma pensada para não ocorrerem avanços sociais.

Assim, se o sistema político-econômico suportou dois mandatos de Lula, dada sua habilidade política, no entanto, com a eleição de uma sucessora, com o fato histórico sempre relevado de que foi a primeira mulher eleita para a presidência do país, assim como Lula foi o primeiro trabalhador, num fato inédito e excepcional dada a história nacional, os ânimos retrógrados de disputa no espaço eleitoral começaram a definhar. Com isso, movimentos conspiratórios se configuraram e se fortaleceram e a reeleição de Dilma veio a ser o estopim da bomba, detonada pelo PSDB, na figura do medíocre netinho do espertalhão Tancredo, que não aceitou o resultado das urnas. Os conspiradores se aproveitaram de um aglomerado político centrado no PT enfraquecido pelas sucessivas armações contra seus integrantes, em ações conluiadas entre políticos, empresários, bandidos, juízes corruptos, sistema financeiro, multinacionais e agentes americanos, bem como contra o sistema político viciadíssimo pela corrupção que, se não alcançou Dilma ou mesmo Lula, envolveu numerosos ocupantes dos postos de governo, dada a forma instituída, muito tempo antes de Lula e assim mesmo após, de fazer política com a distribuição de fatias de instituições e empresas, com seus devidos faturamentos, para grupos de poder ou partidos políticos, de modo a se obter maioria no congresso para garantir governabilidade.

Articulado o golpe, Dilma foi derrubada por um motivo pífio, uma vez que, com a decisão tomada de tirar o PT do poder, tudo passou a ser encenação, garantindo-se o prêmio de fim de carreira de um mandato tampão de esgoto para o ínfimo Temer, um verme escorreito com pretensões líricas infantilizadas constrangedoras, que preparou o caminho para os militares e milicianos tomarem o poder. Atendeu-se, com isso, ao anseio das classes médias e setores retrógrados de toda espécie que queriam a volta dos militares ao poder, evocando uma nostalgia de torturas, fardas, truculência e escravidão, mesmo que isso tenha se dado de forma patética na figura de um reles recruta zero que paradoxalmente passou a mandar e ser mandado por generais de farda já não tão engorilados como antes, arrastando-se em cadeiras de rodas, babando ou se esvaindo em fraldas, mas tão imbecilizados quanto os empresários do agronegócio que queimam o país ou por gente ignorante que falsifica diplomas e carreiras institucionais com uma naturalidade infantilizada espantosa.

As consequências do golpe dado pelos alegados motivos estapafúrdios contra o comunismo, contra a corrupção, pela interessada necessidade de reformas para cancelar direitos, logo ampliada para implantação de formas de aumento da espoliação, empobrecimento e devolução de imenso contingente de pessoas à miséria e ao desemprego, venda de ativos como os lotes do pré-sal passados à Shell americana, desmonte de instituições históricas e culturais, universidades, sistema escolar, sistema de saúde, áreas de preservação, terras indígenas, liberação de desmatamento, enfim, de uma interminável lista de ações que vão todas contra os interesses do que poderia ser uma nação se não fosse o que sempre foi, uma fazendona dominada por capatazes ignorantes eventualmente diplomados, mas nem por isso cultos, em geral todos bacharéis da mediocridade, como o narcísico pe-esse-debiloidista FHC.

A ganância de gente como esses do PSDB, somada com as ambições de poder e grana de uma corja de juízes cegos de ignorância que ganham cem vezes o salário mínimo, tolerados por seus superiores corruptados nos sofás estofados do poder, mais empresários moralistas e capitalistas dos meios de comunicação e do mercado financeiro, bem como uma horda de evangélicos ignorantes abissais corruptos e ambiciosos, apoiados por um congresso em sua maioria de seres de rapina e por pelo menos metade iludida e manipulada do país, encontrou no boneco de ventríloquo personificado que ocupa o cargo de presidente a sua forma de expressão espelhada na imensa cauda de ilegalidades, roubos, assassinatos, suspensão de multas de trânsito e leis regulatórias, armamentismo, exaltação da homofobia, estímulo à violência e ao feminicídio, lambeção de pés do presidente americano, contaminação total do público com o privado, tentativas de regramento das liberdades individuais com imposição de normas religiosas e abissais e muito mais eventos que vêm se expondo para todos saindo de uma sarjeta que parecia inimaginável, concorrendo em roteiro com as melhores novelas da vênus agora patinada pela perda de audiência.

Tendo chegado a isso, a esse Estado de Coisas em que todos estão ou se transformaram, podemos agora ler esta antologia do sugestivo selo Hecatombe, título muito apropriado a este presente que vivemos. Sua chamada, beligerando contra o antifascismo, denominada Projeto Antifa, convocou à reflexão e ao protesto. Assim, os textos que a conformam são ilustrativos de tudo que se sinalizou até agora e são marcados pelo sentimento de fim da política, de indignação e de estarrecimento com a barbárie, que se expressam como um sintoma de impotência e constatação dos escombros. Ao mesmo tempo têm a impotência da fantasia, da retórica, do desejo romantizado de explosão, como muito bem e de forma sagaz expressa o poema visual de Gabriela Luna que incita à revolução inspirada nos cartazes da Revolução Russa prescrevendo uma bomba de Molotov como saída para pôr fogo no fascismo. É impositivo perguntar: quem em sã consciência pegaria em armas ou faria uma bomba acreditando que fosse possível explodir o sistema hoje? Por isso é gracioso o poema da Gabriela, representado na figura de um pato. Eis o estado a que chegamos. Por isso pergunta também o poema de Armison Rodrigues Pereira: "que pode o poema contra a PM?" As respostas realistas, evidentemente, apontam: nada. No entanto as ações de pensar, de escrever, de publicar e difundir em protesto são formas de agir e resistir fundamentais para fazer a política possível visando novos aglutinamentos de forças e mudança, pois um fato é inegável: estamos em guerra.

Sob outro aspecto, causa espanto, pelo menos a mim, ler no poema de Ronaldo Cagiano o uso do possessivo "meu País" justamente porque, tomado pelo estranhamento, não encontro identificação entre esse país intuído no possessivo, essa fantasia de lugar, como algo que possa existir de "meu". Enquanto não passar essa alienação generalizada que a tudo impede não é possível pensar em apropriação, sequer em usar de novo ou algum dia nesta vida que resta as cores verde e amarela ou aquela bandeira horrorosa com seu lema positivista — até mesmo isso precisa ser repensado. Saltado o possessivo estranho, o poema de Cagiano expõe o que esse objeto de posse se tornou: "nação necrosada... besta no cio adubando obituários". Monstros, escombros, moinho, cova, barbárie. É isso. Guerra.

Dito isso, voltemos agora aos embalos da redemocratização, quando a cética canção dos anos 1980, do grupo Legião Urbana, já dizia daquele tempo que também é este e perguntava: "Que país é esse", ainda com certa dúvida, apesar das certezas de dizer: "Mas o Brasil vai ficar rico/Vamos faturar um milhão/Quando vendermos todas as almas/Dos nossos índios num leilão". De lá, feito o salto da experiência "comunista" de Lula, hoje não há pergunta que se faça indagando "Que país é esse". Já não cabe, tal o estado de barbarização a que se chegou. Há, assim, antes, a certeza de uma afirmação gritantemente evidenciada: a de que "este não é um país". E tudo precisa ser feito.

Ademir Demarchi

*

*   *

Fascismo e Antifascismo, aspectos históricos: "Nós somos a colheita de tudo de horrível que vocês semearam."

Coletivo Potiguar

Somos antifascistas, por isso é preciso ter em mente: o que é fascismo?

As raízes ideológicas do fascismo remontam ao fim do século XIX, baseados na revolta contra o materialismo, o racionalismo, o positivismo, a sociedade burguesa e a democracia. O termo "fascismo" (derivado do italiano fascio designava um feixe de varas amarradas em volta de um machado, símbolo da opressão da República Romana) foi usado pela primeira vez em 1915 por membros do movimento liderado por Benito Mussolini, o Fasci d'Azione Rivoluzionaria, pequeno movimento urbano italiano que, agindo dentro de alguns limites da legalidade e permitindo alguns extremismos esporádicos para manter o aspecto de movimento forte e atiçar suas bases, foi galgando espaço na política italiana. E isso só foi possível porque parte de setores liberais (imprensa, industriais etc.), monarquistas e católicos estavam propensos a tolerar esses atos, considerando o fascismo um "mal necessário" para combater o avanço das lutas proletárias socialistas. Em 1919 os fascistas, que se diziam um movimento e não um partido, revelaram-se um fiasco nas eleições. E só em 1921 ganharam mais poderes, quando se associaram à direita italiana até culminar com a ascensão ao poder do Partido Nacional Fascista (PNF) e o fim da democracia liberal, com a nomeação de

Mussolini como chefe de governo em 1922. Na década de 1930 vários movimentos de cunho fascista, aproveitando o momento de crise (seja do capitalismo, seja da representação política) espalharam-se pelo mundo, assumindo outros nomes e peculiaridades (o Nazismo, o brasileiro Ação Integralista), que mostra o fascismo como um movimento facilmente adaptável, mas que tem em comum a seguinte matriz ideológica: culto ao líder entendido enquanto o Messias (salvador), partido único de massa, forte estrutura hierárquica, exacerbação dos valores nacionais, forte oposição aos princípios do liberalismo e do socialismo, busca pelo domínio dos meios de comunicação, eliminação do pluralismo político, aniquilamento das oposições embasado na violência e no terror sustentado por uma lógica de guerra constante a um inimigo comum. Essas características parecem familiares? Responderemos a isso sucintamente mais à frente.

O Antifascismo surge juntamente com o Fascismo e o combate ao mesmo tempo na Itália. O anarquista Argo Secondari, em junho de 1921, consegue reunir a Unione Anarchica Italiana, a Unione Sindicale Italiana (Anarcossindicalista) e as seções italianas Social Democrática e Comunista (PSI/PCI) no combate às squadristis de Mussolini (grupos fascistas paramilitares). O termo Antifascista surge na Alemanha, em 1932 (bem como o símbolo usado até os dias de hoje, apenas com sutis modificações), criado pelo KPD (Partido Comunista Alemão), que organiza a Ação Antifascista e juntamente com o SPD (Partido Social Democrata Alemão), após alguns desentendimentos internos, constroem os Comitês Antifascistas para fazerem frente aos avanços violentos da SA Nazista. Ainda no contexto alemão de combate ao fascismo, os anarquistas da FAUD (União dos

Trabalhadores Livres da Alemanha) criam, em 1929, a Schwarze Scharen (Rebanho Preto, ou Tropas Pretas). O Movimento Internacional Antifascista surge da união das correntes comunistas e anarquistas, na Espanha, em 1936, na segunda República, quando o General do exército, Francisco Franco dá um golpe militar na recém-eleita Frente Ampla (de esquerda). Anarquistas ligados aos sindicatos CNT/FAI se levantam em armas para lutar contra esse golpe (estes tinham cerca de 12% da população espanhola filiada a seus quadros), num segundo momento outras alas socialistas se juntam ao combate, a primeira delas é o partido trotskista POUM (Partido Obrero de Unificación Marxista). Os Governos Fascistas da Alemanha, Itália e Portugal enviam tropas e armas em apoio a Franco. Comunistas do mundo todo viajam à Espanha para apoiar o levante popular, unindo assim a bandeira negra (Anarquista) e a bandeira vermelha (Comunista), fazendo surgir o Movimento Internacional Antifascista (até então, o tradicional logo era de duas bandeiras vermelhas, que passam a ser intercaladas uma bandeira negra e uma vermelha, tremulam para a esquerda e não mais para a direita).

Desde as últimas eleições, no Brasil, podemos perceber a popularização de comportamentos intolerantes, principalmente em relação às minorias, LGBTQIA+, população preta e periférica, ataques a pessoas que manifestem discordâncias ao atual Governo (principalmente agressões físicas a mulheres, por todo o país), assassinato de opositores políticos do Governo (como o caso Marielle) e um recorrente desrespeito a outras instituições do Estado Democrático de Direito (pedidos de fechamento do STF e volta do AI5). Tudo isso mostra que o fascismo desfila impunemente e se espalha pela sociedade brasileira. Os últimos assassinatos de jovens pretos de periferias e os levantes nos EUA pelos mesmos motivos permitem perceber que chegou a hora de o Antifascismo sair do armário e tomar as ruas.

(O idiota, 2019)

Samy Sfoggia

Feliz Ano velho

Armando Martinelli

Desce a avenida e observa rostos anestesiados
Faces embrulhadas para a próxima estação
Em algum lugar do mundo já é dia primeiro
O cão de capacete está pronto
Aguarda o foguetório
Sirene do destroçar-avanço

O cavalo de São Jorge tenta impedir
Ricocheteia em pleno funeral
O cortejo passa por cima
Nos ombros da máquina de moer coletivos
Em nome do deus capital

O comboio do desmonte discursa
Oficializa o tom dos novos tempos
Ganância e privilégios
Acima
Dos mesmos
Desigualdade
Acima
do resto.

Piscina de plástico em 4x

José Antônio Cavalcanti

1.

Renoir
as esconderia
na parede falsa
da galeria
Cézanne em branco
abandonaria
as banhistas
espantadas em leito seco
ao se armar
o plástico azul
com peixinhos cor de vinho
no fundo
da laje

2.

mil pipas
acariciam o campo azul
a alegria da água
molha
as nuvens no céu

lavado
de promessas
nascidas como Vênus
da espuma
de um samba antigo

3.

risco
sempre um risco
ser riscado
em aprisco
presa
sempre presa
à contingência
à tangência
à trajetória
da linha de tiro

4.

caixa d'água Eternit
quinhentos litros
tonta
de boca aberta
vaza por três orifícios
o quarto está vazio
vazio

vazio
acabou de se apagar
o brilho no olho
de minúscula Iemanjá

os peixinhos ainda se agitam
na água vermelha groselha

*

Constança Guimarães

há quanto tempo você está sem sair? pode repetir, por favor?
você vai anotar tudo que eu falar?
é o protocolo.
acho que nove dias.
nove dias. e como está fazendo para comer?
tem arroz, macarrão. umas batatas. tinha frango na geladeira que o David fez com requeijão pro jantar, já comi, durou três dias porque comi sozinha. tinha também salsicha na lata, molho, a gente junto comia muito. como eu fiquei sozinha, a comida rendeu, eu como pouco. e esse biscoito que não comi.
então você está cozinhando?
é, por quê?
você sabe cozinhar.
desde os seis anos. também sei arrumar a casa e cuidar de criança.
de que criança você cuida?
qualquer uma mais nova que eu. é só me pagar. de noite é mais caro.
sei, de noite é mais caro. a casa não está limpa.
arrumei nos primeiros dias. depois desisti.
por quê?
fiquei cansada.
consegue explicar melhor?
cansada, ué. além do mais, parei de dormir de noite e só durmo de dia. e não dá pra arrumar nada de noite porque não tem luz. então desisti. mas não tem problema, eu limpo o banheiro porque

não tem janela.
você tem medo do escuro?
não tenho medo do escuro.
tem medo de quê?
de nada.
diz que não tem medo de nada. por que não dorme à noite?
porque dormi de dia.
oquei. você sabe o que aconteceu com seus irmãos?
sei.
porque alguém te contou.
eu vi. eu tava com eles. entrei em casa pra pegar um biscoito. esse aí que ainda não comi. quando eu ia voltar pra rua, ouvi o barulho. Eu queria ir correndo pra rua pra ficar com eles e enquanto eu pensava corre corre corre são seus irmãos vai se encontrar com eles eu me meti dentro do banheiro porque não tem janela. até hoje não sei como pensei uma coisa e fiz outra. É por isso que fico acordada de noite, tentando descobrir.
e depois?
depois o quê?
como você viu seus irmãos?
quando passou o barulho eu fui na rua e vi os dois mortos, voltei pra casa, fechei a porta e não saí mais. Você sabe se enterraram eles?
seus pais não moram aqui, a vizinha me contou.
ela é fofoqueira mesmo.
há quanto tempo eles não moram aqui?
não tenho pai nem mãe faz tempo.
eles morreram?
não sei não. meus irmãos morreram, isso eu sei. foi a polícia, né? helicóptero, né? eles foram enterrados?

o que seus irmãos faziam?
na rua? a gente tava conversando, não pode?
todo dia. você ganhava dinheiro cuidando de crianças e eles?
bicos.
de que tipo?
você tá achando que eles eram drogados. por que veio aqui? você pode ir embora por favor.
nós estamos aqui pra te ajudar. viemos te convidar para ir para um lugar com comida, escola, médicos, cama limpa, muitas crianças.
não sou criança.
um lugar com segurança.
não.
sua comida está acabando.
você pode me dar mais comida, aqui mesmo.
a casa está suja.
eu sei limpar.
você não sai mais de casa. vai viver presa aqui?
onde meus irmãos foram enterrados?
escuta, sinto muito te dizer assim, mas você é menor, tem ainda 11 anos. a gente vai ter de te levar. não dá pra deixar você morando sozinha, é perigoso.
eu moro sozinha com os meninos desde que tenho 5 anos. vocês nunca vieram buscar a gente.
vai ser bom pra você. é pra o seu bem.
você tá mentindo.
você não tem alternativa.
tenho sim. eu posso morrer. é só descer a rua correndo.

*

Luiza Therezo

Felipe da Fonseca

E pobres são como podres
Caetano/Gil

q u e
p o
d e o

p o
e m a
c o n

t r a
a
P M ?

Queimados, abril de 2005

os deleites de sodoma e gomorra

Fernando Ramos

A cada passo, um tormento, a cada samba, um detento na corda bamba do convento, ainda vivemos na Idade Média do corpo, censurado e preso nas grades invisíveis da moral e dos bons costumes da era policialesca digital, *cyberpunk* germinal: o que você usa, mostra, faz e com quem, e como se porta, em quem você vota e se confronta ou se conforma, faz o jogo e se contenta com este parco soldo nesta eterna matinê de Carnaval. Queremos a tecnologia que cria, não a que confina, queremos a cidade quente, não depois de morta e fria; e só para começar, uma grande orgia de trinta dias na Paulista, Anhangabaú, Sapopemba, nas ruas do Pacaembu e onde mais houver boceta, pinto e cu. Todo ser humano é livre e intocável até permissão em contrário, o verdadeiro choque seria darmos à Tropa de Choque um enorme abraço, a cidade é a nossa casa — não o nosso estábulo — ouvistes, assoberbados homens do poder e vossos corvos fardados? Não sois filhos da pátria que tanto fingem amar, quereis mais é vazar para Miami e rebatizar nossa nação Estados Unidos do Brasil. Pois ide para a pátria que tanto vos iludiu, quem levou soco na cara mais de cem vezes sabe de olhos fechados quando vem o golpe. Agora, eu aviso: abaixai-vos, protegei-vos, benzei-vos, pois, quando bater, a merda vai bater também nas janelas que batiam panelas feito papagaios de novela e fechavam a cancela, faziam vista grossa quando a treta esparramava ao lado dos atletas da seleção pela Avenida Paulista na marcha dos fascistas, escoltados por seus policiais de estimação, pagos pelos impostos coletados pelo município, pelo estado — os mesmos impostos que os tais protegidos sonegam com uma naturalidade de quem se senta ao vaso sanitário. E desfilam os seus ódios de classe com as falsas máscaras da virtude, patrocinados pelo consumo da fome dos pobres, que gastam tudo o que possuem para comer e se locomover. De resto, que deem um jeito de viver nas bordas do Capital, façam tricô, escrevam haicais, não importa se não foram ensinados na escola pública onde, aliás, não aprenderam mais nada desde o ano de dois mil e dezesseis quando foram cortadas as refeições escolares orgânicas e os alunos, subnutridos, tiveram os seus rendimentos baixados à categoria de semizumbis, perfeitos para as instalações fabris da necrópole gris que, de tão sorumbática, nem percebe que *Flor de Lis* é a canção mais trágica de Djavan e samba inocentemente alegre, como se tivessem injetado nos seus reservatórios de água imensas quantidades de Soma: a pílula da falsa felicidade que nos raptou dos deleites de Sodoma e Gomorra.

As solidões quirguizes

Gabriel Morais Medeiros

Se os nazistas
tivessem vencido a guerra

teriam
erigido um

padrão-obelisco

replicando um Flugabwehrkanone

nas estepes do

Marrocos,

e açudes de grafite e
teflon,

como espelhos d'água contra a via
láctea,

simbolizariam

o além-do-
ermo

de uma Rússia fantasma, onde as rãs
engoliriam o engasgo, para
que o barulho da
                    tosse
não lhes
viesse
a trair a
                    tocaia.

E ao longe, num zigurate

de mentira, inabitável,

feito uma usina de
                    zumba falida,

umas sarjetas para o escorrimento
de gordura

fronteirizariam

com o pôr do sol

                    nevável

das solidões
                    quirguizes.

escombros

Ronaldo Cagiano

Tudo tende à ruína num país de ruínas.
Eça de Queirós

A vingança com seus enfeites
congestionou as praças do meu País.
Nesse temp(l)o de desastres,
a verdade exilada numa noite de incêndios.
O desdém acumulado cavalga na febre das insânias
e com ela, a Morte, rancoroso animal a nos perseguir,
espera o salto final no Anfiteatro do horror e impõe
vagaroso naufrágio da luz numa nação necrosada
pelos abscessos das *fake news*
fecundando a barbárie num canteiro medieval.
Um calendário intransigente
insufla ondas indecifráveis e tenebrosas
em infecta nostalgia do passado.
Ao sul e ao norte dessa História debochada
sob escombros de um ódio domesticado, vil e afrodisíaco
meu corpo cansado, limítrofe da dor,
colhe a indócil oferenda da serpente voraz
envenenando a turba alucinada.
Como em todas as manhãs,
nascerá mais um dia sem nome
que nos vomitará todos os escárnios e
decretará mais uma metástase:

eis a besta no cio adubando os obituários do país,
eis a ruína de um milênio que ainda engatinha.

*

Gabriela Luna

O visionário punk rock

Pedro Panhoca da Silva

O presidente não é gente
Até um terminal é menos doente
Esconde o chifre, mas não o tridente
Ele é capaz de dar nos dentes

Uma fonte de bosta
Que jorra o que o povo não gosta
Pessoa sempre indisposta
A dar com o pau nas costas

Anarquia é a melhor solução?
Há mais caos do que a atual situação?
Nosso líder é mais do que um bundão?
Ou só vive de cagar, de limpar as mãos?

Roupas pretas, brancas e a faixa verde-amarela
Se o dourado desbotar, ele usa ramela
Afinal, nem sabe o que é aquarela
Somente quando pergunta à magrela

Pratica chacinas em família
É perito em botar essa pilha
É capaz de comer a própria filha
E depois se esconder em sua ilha

Como chegou ao poder?
Com política e religião ninguém pode se defender
Somos ateus ignorantes demais para compreender
Que tudo é força, mas com Deus é pra foder

O punk rock acertou
O pior da humanidade aflorou
Da figura de um decadente se apossou
A história de um povo que arriscou e se ferrou.

Anedotas de ZapLand — I

Mariana Pio

O homem acorda numa quinta-feira de manhã. Assiste ao jornal e pensa na filha. A filha é bissexual e há um vácuo de comunicação entre ele e ela. Sempre foram próximos, mas a vida deu suas voltas e agora ele precisa estar mais perto de seu pai, com quem há, ainda, uma relação de trabalho. As coisas seriam mais difíceis se houvesse um posicionamento genuíno, por parte do homem, que causasse alguma divergência entre eles, como no passado. Mas nem isso. O homem aos 50 anos é devoto do whatsapp. Quem encaminha tudo, aquele com acesso à fonte de todos os desmascaramentos sobre o Brasil e o mundo, é seu próprio genitor.

O homem se levanta, encaminha-se ao segundo andar da cobertura de seu pai -que está falido para os próprios padrões — na zona sul da terceira maior capital do país, coloca uma cápsula na máquina de café. Desce as escadas, senta na frente da tv. Pensa na filha. Na tela, discursam os ministros recémempossados. Poucos dias antes, o novo presidente tomou posse. A primeira dama discursou antes dele. O pai pensou na filha. Pensou nas melhorias que estão por vir. Pensou que o presidente colocou a esposa para discursar antes de si e isso provavelmente mostraria à filha que ele não pode ser assim tão ruim. Preparou o "tá vendo?". Abriu o whatsapp, enviou uma mensagem. Pulou o bom dia, dispensável, e escreveu "o que vc achou do discurso da primeira dama?".

Ela estava acordada há pouco tempo quando pegou o telefone e viu a mensagem. Sorriu e respondeu: "Adorei! Me mostrou que ele nem é tão machista como eu achava! Eu estava errada. Na verdade, mais feminista que ele, só o Dado Dolabella. Afinal, colocou a esposa para discursar antes mesmo do próprio discurso. Para mim, isso é suficiente. Uma atitude nobre que se sobrepõe a todas as vezes que ele chamou mulheres de fraquejadas, a todas as vezes que disse que mulher preta é promiscuidade, a quando deu a entender que, a depender da situação, a mulher merece ser estuprada — como, aliás, ele disse à deputada que criou a lei que permitiu que sua esposa participasse de tão sincero espetáculo que foi seu discurso em libras. Você tem razão, pai, eu era muito radical. O discurso dela foi lindo e prova o quanto o presidente, na verdade, nem é machista. Eu realmente preciso ser menos radical e relativizar mais as coisas. Obrigada por abrir meus olhos". E assim essa filha começou uma quinta-feira inspiradora, inundada pela atenção carinhosa do pai, que encerrou a conversa dizendo "tá vendo? nem tudo é viadagem".

o terror

Pilar Bu

bomba bomba
já não somos a promessa
somos os escombros
de um novo mundo
que nunca aconteceu
somos a certeza da hipocrisia
desafeto desamor inumano

crianças mortas nas esquinas
crianças mortas nas esquinas
de São Paulo
nas ruas de Manaus
nas alamedas de Goiânia
e o leite seco no seio de mulheres
abandonadas nas ruas
com suas crianças
mulheres que eram promessas
de uma vida que nunca aconteceu

o terrorista se aproxima
e com a caneta traça o destino
destrói e ceifa vidas
fecha escolas rasga livros

nos precariza
sepulta o futuro dos nossos
exalta essa sociedade
caduca criminosa covarde
nas praças e nas esquinas das ruas
mortas de crianças e mulheres

o terrorista é misógino
o terrorista é racista
o terrorista é homofóbico
o terrorista é contradição
o terrorista é violência
o terrorista diz que não é daqui
é um outsider
que há mais de décadas
está no mesmo lugar aqui

o terrorista clama
por sangue ganância
clama por armas por favor
tragam mais armas
para o banquete da crueldade
escopetas carabinas pistolas fuzis
todos apontados para a barriga
a barriga seca de crianças
o ventre invadido e violado
de mulheres

outra bomba explode
às seis da tarde na catedral da sé
o coração de são paulo pulsa
pulsa pulsa pulsa pulsa
apressado para não perder
contratos milionários
mas vomita larva
sangue pus catarse

um novo mundo que nunca
aconteceu
mas explora sedento
os corpos pequenos
de crianças famintas
e de mulheres violentadas

(Manifestação antifascista dos ciclistas no Chile, 2020)

Athos Ronaldo Miralha da Cunha

A FERIDA ABERTA

Martiño Maseda

A ferida segue supurando dor por esa boca aínda aberta
que xace tirada na fosa común da ignominia.
Desa boca agroman voces que berran, agoniantes,
para redimir a súa dignidade maltraída,
asasinada aleivosamente contra os muros da noite.
O berro é fondo, soterrado no lamaguento pozo de noxo
que salivaron co seu cuspe as bestas doentes desa autocracia
que se botou aos camiños, asaltou o silencio das casas
e violentou a inocencia de todas as alboradas.
As voces que agonizan non queren ser esquecidas,
porque coñecen os ollos tiránicos da *besta* alancando monte
[abaixo
até penetrar as entrañas da luz para espertar outra vez o medo.
As voces, desde o seu latexar moribundo, saben da malicia secular
que vai no medo arrastrando canda si a mentira, a morte,
e o pútrido esquecemento.

Pela TV

Marina Goldfarb

Diante do congresso
vômito
e da mídia vendida
repulsa
e da rua vazia
e da inércia da gente
do contentar-se com a tela
do computador frio
da palavra vazia
do povo sem rumo
e do rumo incerto
do meu peito aberto
aos sopapos do mundo.

ZAP NEWS

Nitiren Queiroz

Babuínos vampiros do cu roxo
vandalizam laboratório
para roubar sangue de gente.
"Cura é o caralho!"
Deixaram recado,
com a naja pé de pato
que passou o trafica playboy.

Dizem que o sangue contaminado rendeu
uma boa de uma bebedeira no Pico do Jaraguá.
E dizem que é só o começo,
que o barato vai ficar louco
e os morcegos já passaram a letra:
"É poucas ideia!" —
mas parece que vão passar um pano pros índios...

Instituto Butantã já lançou nota:
"Tem que acabar com esse comunismo dos bichos,
o atraso na vacina compromete os dividendos."
Parece que o Governador
já mandou a tropa de choque pra botar fogo
em tudo que é mato e acabar com essa treta.

Edit: Não é fake news!

As velhas terão sonhos, as jovens terão visões

Franciele Mussio

Cinema tela-plana

Phillipe Sakai

ironizei ficções (anti)científicas.
e errei.

hoje,

robôs reacionados do futuro
vêm nos atacar
e eventualmente instalar gatonet.

robôs traduzem conceitos filosóficos
ao meu tio.
ele me repassa no zap:

"*cogito ergo sum*" significa:
"cogito erguer a sunga".
(crítica astrológica à moral fio-dental.)

robôs acima de todos
superaram a ciência e a terraplanagem
para planificar a tela e o entendimento.

robôs são a sociedade
e nós somos os robôs. isso não é poesia,
é a ciência do *meme*tismo natural.

robôs infectados por vírus não-chinês
entram em *loop* infinito,
repetindo: “iupetê iupetê iupetê”.

robôs comandam multidões.
são os messias de bata e fuzil
dos tempos de *face* a fasces.

robôs estão no meio de nós,
num *meme*teísmo monetizado
e protestudo.

nos filmes, eles precisavam evoluir
para nos superar...
mas isto é ficção.

é *fakenews*.

eles foram apenas criados.
e você sabe de quem é a culpa.

Processo

Vera Lúcia Parenza

Sou um pobre jumento
Trabalho horas sem fim
Sou humilhado e xingado
A todo o momento ouço assim:

Trabalha, jegue! Transporta!
Vai, preguiçoso! Carrega!
Desempaca, sua mula!
Asno lerdo! Entrega!

Confesso que me acostumei...
Ajudo a todos sem pedir retribuição
Muitos me julgam por isso
Um ser desprovido de razão

Não me importo. Mas agora andam
Comparando-me ao presidente
Isso é um verdadeiro ultraje!
Porque não usaram a serpente?

Aviso que processarei
Qualquer um que fizer alusão
Ao meu ser associado àquilo
— Ele, NÃO!

Do suor do rosto

Lopse Lazuli

Pausa no ócio para falar algo que é tão caro para uma capricorniana: trabalho. Necessário relembrar que trabalho, etimologicamente, vem de instrumento de tortura medieval. Meu professor de economia dizia que o trabalho era algo tão ruim na nossa sociedade *judaicocristãlatina* que, das pragas de Deus, o trabalho era o que recaía sobre os homens. Às mulheres, também, mas era trabalho de parto. Maldito feminismo que nos fez dobrar as pragas. Bem, na verdade, o feminismo quis foi nos tirar das pragas que o pós-guerra e o capitalismo nos colocaram.

Aliás, o dia internacional da mulher é sobre trabalhadoras que reivindicaram melhores condições de trabalho, que eram, à época, além de insalubres, em turnos de cerca de 10h/diárias. O mal que Deus fez, o feminismo tentou atenuar. Seguiu-se um massacre, nada diferente do ataque aos professores, no ano de 2015, em frente à sede do governo paranaense. Nem as ameaças dos policiais, em protesto de operadores de telemarketing, que questionavam as recomendações da OMS não obedecidas pela empresa, logo no início da pandemia. "Você não manda nada aqui", me disse o policial, acariciando a arma como se fosse seu próprio genital, usando do medo, lembrando as cenas tão recorrentes a mulheres, como se acontecessem com você, mesmo que não tenham ocorrido.

Demitida por protestar e pedir demissão por não querer aguentar calada em outro local. Desempregada, sem auxílio emergencial, pois, para o governo, eu ainda trabalho. Para os lugares onde tenho buscado trabalho, sou um estorvo, provavelmente algum tipo de funcionária problema que não querem pagar nem para ver, nem para trabalhar. Escanteada, de novo, por todos os lados, só os ecos dizendo "eu te avisei" "nunca vai dar certo". Os ecos podem vir de dentro, dos ex-patrões, dos salafrários do poder, da indústria que produz uma dúzia de derrotados como você.

E por quê? 32 dentes, porte físico, não somos mais vendidos na São Francisco, exame de covid negativo, colesterol baixo, nada importa, nem sua opinião sobre o embargo a Cuba, nem suas pós-graduações, não sendo um bom rapaz, mulher sagaz, cabendo bem na sua roupa, no paletó de madeira ou de linho, é só mais um caroço, desprezado. Perde a indústria, perde o Estado, mas eles sempre dirão

O derrotado é você.

Mas é a economia que não pode parar...de arrotar.

(Greve Geral, Rio de Janeiro, 2017)

Rafael Daguerre

*

Lucas Grosso

não é nada

crianças choram
sob a ondulação de bandeiras
representando o reino de algum deus
um deus que é muito e pouco
e não é nada

ao ser o trabalho
o trabalho como resposta
o trabalho como sentido
o trabalho como a imagem concreta
de algum deus temido e nunca visto
um deus que é muito e pouco
e não é nada

trabalhar sobre a terra trabalhar na terra trabalhar a terra
trabalhar até que a morte leve-nos enfim à terra
para nos tornarmos mesmo mortos
o combustível do progresso humano
e da glória de algum deus
um deus que é muito e pouco
e não é nada

e vivamos em paz
em paz armada e mantida
ao custo do silêncio e do medo
a paz abusiva que penetra
em nossos corpos e lares
a paz que é a quintessência da verdade
e da justiça de algum deus
um deus que é muito e pouco
e não é nada

OS QUATROS CAVALEIROS

Paulo Esdras

Senhor da guerra pela paz
Ironia complicada para entender
Como disse o poeta “necessidade de ser fera”
Principalmente quem nem sabe ler
O mundo em que está, não o ABC
Vota para a paz em quem só faz guerra.

Falso profeta, Satanás
Escolhido por gado em manada
Nas escadarias ou no templo interno
Pastoreada por lobos lobistas, enganada
Cobra dez por cento por mesada
“Que tudo mais vá pro inferno”.

Trator em frota, mata ao chão
Mata o índio, o seringueiro e o peão
“Veneno bom para matar a fome”
Um grande negócio em plantação
Patriota, mas o melhor para exportação
Esmaga “a horta” dos sem nome.

Para completar o *lobby* da crueldade
Da fome, da morte e da guerra

Entra o quarto cavaleiro
Com a cura na quimera
A academia deu chancela
“E quem manda é o dinheiro”.

AUTOPSICOGRAFIA TRAVESTI

Jupyra Carvalho

Esta cama tornou-se o meu leito. E eu estou deitada, com o corpo fechado para este mundo e abrindo caminhos e repousando sobre outros. Estou sonhando. É nesse intervalo que, no monomundo deles, me carimbam como cadáver para que eu possa ser morta, tendo antes de morrer, o diagnóstico de morta. Mas o sono chega em mim como vida. Ser morta assim é ser morta com muita vida. Só aquelas com muita vida retornam para assustar.

Eu decidi escrever aqui para nós porque sinto que já não estou sendo vista e uma das mortes é exatamente isto — não ser vista. E tem outro nome para isso: assassinato. Fui e estou sendo assassinada e tornei-me fantasma involuntariamente. Não tive tempo de fazer do lençol branco um vestido. Colocaram-me nesse manto branco, cisheteronormativo e manchado de sangue. E, ao invés de receber oferendas, recebo sustos e expulsões, porque a minha existência é assombrosamente ameaçadora. É ameaçadora, pois, à medida que flutuo entre as várias possibilidades de ser e de existir, visível e invisível, entre céu e inferno, vou colapsando as estruturas das mesquinharias binárias de mentes desgraçadamente lineares e sem mistérios desses homens. Não acreditam que sou possível de transitar e no ato da morte, não acreditaram que eu existia para pelo menos morrer.

Estou rasgada neste corpo adentrando-se em territórios de extrema frieza para mais uma vez experimentar o nascimento, continuando sempre o que deixei de ser, reivindicando sempre a paz para os corpos que não fui. Que possibilidades travestis posso construir em mim? Não quero mais pegar na morte como um assassino, quero pegar na morte como morte e transá-la. Sempre há um motel perto do cemitério. Assim como eu, as pombagiras estão ao meu lado com suas saias na gira e com as suas gaitadas que chicoteiam o mundo. Assim como existe uma solicitação cósmica deste lado de cá para gargalhar e girar, movendo os ventos das identidades que querem grudar neste corpo.

Que as nossas saias se renovem conosco a cada giro, bailando e varrendo as normas hegemônicas e necropolíticas dos nossos sistemas dos pedaços que pulsam outras vidas na nossa sociedade. Não é pelo centro do amor que estou aqui, é pela periferia dele. E junto daquelas que têm pouco, cujo acesso é interditado. Sempre estivemos, estamos e estaremos. Numa rede ancestrofuturista de travestis.

Ode ao Repúdio

Ricardo Lacava

Dolorida é a vida, depois de amanhecida, lida batida, d'uma caminhada sofrida. Num mundo absorto, em estágio semimorto, cruel no agir, incrédulo como um falso faquir. Retrógrado e atual como Maquiavel, não se importando com a sequela, preferindo Ustra a Marighela, Euclides da Cunha a Conselheiro, Olavo de Carvalho a Paulo Freire, Gentili a Duvivier. Sofra a quem sofrer! Doa a quem doer!

E isto não é comédia!

Cor obscura das profundezas, que incidem em nossas entranhas, seria normal, não fossem as artimanhas destas criaturas frias e estranhas, mentirosas e profanas, preferindo Damares a Dandara, Lalaurie a Garibaldi, Ilse Kock a Madre Paulina, Hasselmann a Dorothy Stang, Amélias a Rosários, Zambellis a Marielles. Achando que a vida é verde e amarela! Mulheres de peito, mulheres de guerra!

Pesadelo que se faz presente logo ao amanhecer, advindo d'um mar de estupidez, sementes germinadas em pútridos solos, aplaudidos pela ignorância e insensatez. O Início do fim, preferindo Maria I a Joaquim, Coppola a Cortella, Fleury a Lamarca, Narloch a Nassar. Sem pestanejar, na luta do bem contra o mal!

Patriotas!

Até mais do que Cipriano Barata!

E o sufrágio é motivo de piada! De mau gosto.

Competição desleal, com os olhos cegos pela névoa, confundidos pela ignorância, deixando de apoiar o bem, crente ser o mal! Preferindo bala à caneta, presídio à escola, indiferença à união, escopeta a uma bola, degradação à natureza, submissão à igualdade, brutalidade à gentileza, prepotência à humildade, dúvida à certeza, mentira à verdade!

Disfarçados de benfeitores, exigem tratamento de doutores, permitindo-se viver de rendas, enquanto cortam o dinheiro das merendas. Circo de horrores! Fatos ou lendas? Preferindo Mainardi a Greenwald, Feliciano a Betinho, Plínio Salgado a Prestes, Waak a Wyllys, MBL a MR8 (Quem mata mais?), Lobão a Chico Buarque. Levantando o estandarte de uma bandeira suja de sangue!

Com aumento da indiferença e da rejeição! Dando náusea e indigestão!

Sons sinistros na madrugada, mas os que me assustam são os vivos, pois não vivo num conto de fadas, embora encontrasse a verdade nos livros. Será eterna a guerra entre o bem e o mal? Com mentiras nas entrelinhas do jornal? Sem pudor ou prestígio, preferindo Sérgio III a Francisco, Torquemada a Candura, Macedo a Frei Betto, Hitler a Lula!

Esta é a dor que pulula, de um peito ansioso, num processo sem sensatez, repúdio a todo tipo de estupidez!

*

Kadu Hamett

Pátria Amada

Milene Colin

Pau de arara é a opção,
Vários ratos em jaula,
Com pessoas que desobedecem ao chefão
Uma só opinião,
E quem não gosta, a tortura é a opção.
Vou pregar liberdade,
Mas ai de quem tentar passar
Por cima das regras criadas.
Povo não estude, fique sem se interessar
Por política e não leia sobre história.
O país já está um caos, não tem como piorar
Eu entro de fininho e pronto para o dinheiro lavar.
Livros para quê?
Professores já não sabem o que fazer
E a educação? Afundando junto com a nação.
Os pais desistiram, os filhos não pesquisam
Ninguém quer se informar,
E a calamidade batendo na nossa porta.
"Não gosto do presidente"
Aí você pergunta o porquê
E eles respondem:
"Sei lá, o cabelo dele não me agrada,
Não tenho prazer em ver"!

Não sabem o que falam,
Votam sem senso e noção
Focando em coisas erradas e deixando de agir como cidadãos.
Vivemos em sociedade e não sabemos nos comportar,
Não somos convincentes pelo que escolhemos lutar!
Sem conhecimento, você não vai longe
E eu só posso agradecer,
Por você não escolher direito quem deve ficar no poder.
Não faça a sua parte,
Deixe comigo e viva no comodismo.
E na próxima eleição,
Fica em paz,
Levarei sua ração.

*

Manuella Bezerra de Melo

Você pode escolher secar
tudo que já foi
na radiação da antena digital
enquanto desfruta o sofá francês
que te custou um mês de solidão
Pode eleger emudecer
perder o brio e o sangue
confundir amor com ego
e zanzar sem fé e cego
pisoteado pelos sapatos ligeiros
no corredor do centro comercial
Pode diluir sua poesia a status
e esquecer aquela memória
vaga de um *ex-sorriso* doce
nas plaquetas promocionais
das vitrines ensanguentadas
pelo trabalho escravo infantil
Mas não pode deter os pirilampos
que se ocupam dos meus dedos
na hora de te escrever verdades
sobre a vida medíocre que levas
e nem matar todas as onças
vivas trincando dentes dentro

de cada esperança de revolução
que renasce em meus pulmões
Não pode render os soldados
armados que habitam minhas mãos
e de pé seguem cravados bem à
frente da sua trincheira morta
de aspartame e pedaços de papelão
molhado, vaga e sem razão de existir
Nem apagar o sol em chamas
que mora nas minhas pálpebras
capaz de reaver-se em poderosos
cometas a implodir essa tua fé obsoleta
e conformista, e começar de novo
um outro mundo sem nenhum
menino com fome no semáforo

Hoje sou velha, mas amoleço
toda com notícias sobre balas
de borracha lembro que não
doíam porque sangravam no
corpo sangue nutriente
Hoje sou velha de corpo velho
mas fico jovem com índios
apunhando lanças agricultores
plantando dentes a terra com
vadias arrastando na rua
seus desejos e trabalhador
enfrentando patrão, hoje sou
velha e quero ficar velha porque

saiu de moda triunfar nas trincheiras
coquetel molotovs, horizontalidades
Hoje sou velha

um antifa sempre que...

Roberto Andreoni

si me quieres escribir,
ya sabes mi paradero.

sempre que em silêncio
a liberdade
encamar,
surgirá em sol
do antifa
o canto,
o *re-encantar* da cidade;

e toda vez que avivar
um verme no uniforme
do velho general,
haverá
um antifa coturno
para esmagar sua falsa
moral;

e toda vez
que soturnas ervas daninhas
brotarem
— em desumana
tirania —,

estará lá a foice
do antifa,
o rastelo do campônio,
a sombra
do anarquista;

e toda vez que verter
sobre o mundo
o pútrido musgo da noite
sem vida,
despontará
do mesmo modo
o alvorecer,
o frescor,
a aurora
do antifa.

do brejo,
da angústia,
do nojo,
o tempo todo surgirá
destemida,
negra
e rubra,
a brava bandeira
do antifa.

A Maga

vermelho

Sabrina Lima

matei o presidente
lentamente como uma transa boa
piquei o corpo em pedaços pequenos
como os que explodiam quando atiravam em crianças

procurei simetria
marchetaria de carne
o molho escorregava quente
como o suor dos entregadores em bicicletas

escaparam miúdos
a barriga logo escureceu
reorganizei pelo tamanho e pela cor
como mortos por vírus sem nomes chiques

ofegava
estava mal morto
precisava de certo sufocamento
como nas mulheres que apanharam ontem

o último suspiro foi em verde e amarelo
somou vibrante ao vermelho das tripas
guarnição no prato de porcelana branca

foi servido frio

Memórias póstumas de um capitão de milícias: fragmento

Messias Botnaro

1. "Talvez o grande acontecimento da vida de um autor seja a sua morte", acertou Juliana Bratfisch, que ainda não morreu. A morte é o que configura o mito daquele que escreve e, como você sabe, a construção do meu mito é tão potente que nos últimos anos os críticos e botminions vêm se digladiando em torno de minha persona. Por isso agradeço ao COVID-19 por estar morto e à Editora Hecatombe por aceitar publicar este fragmento das minhas memórias póstumas nesta antologia Antifascista. Se o meu texto funde vida e obra, confundindo o limiar entre o real e o ficcional, tudo o que precisamos é isto: contemplar a verdade, seguindo João 8:32 – "E conheceis a verdade, e a verdade vos libertará".

2. A Revolução de 1964 levou consigo ofícios e aparelhos, como terá sucedido a outras instituições sociais. Um deles era o **Pau--de-Arara**, barra de ferro que era atravessada entre os punhos amarrados e a dobra do joelho, pendurando o comunista a uns 20 ou 30 centímetros do chão. Pau-de-arara funciona. *Sou favorável à tortura, você sabe disso.* O povo é favorável também.

3. No meu governo, as minorias se curvaram às maiorias. Fomos exemplo e inspiração para o mundo. Fomos capazes de garantir que os direitos de todos estejam assegurados. Cada um no seu lugar. A diferença aparece claramente para aqueles que possuem a força moral de percebê-la, tá ok?! Como disse Orvalho de

Farfalho: "Só uma coisa pode salvar o Brasil: a união indissolúvel de povo, presidente e Forças Armadas". O establishment queria me ver repetindo o AI-5, mas o que percebo ainda hoje é o povo desejando um novo AI-5 e ai de quem tente parar o povo. Será varrido junto.

4. Para desgraça e ensinamento dos homens, os ratos comunistas criaram um vírus letal e tentaram transformar o Brasil em uma China tropical. O Comunavírus nos fez despertar novamente para o pesadelo comunista. O vírus aparece, de fato, como imensa oportunidade para acelerar o projeto globalista de controle da linguagem e destruição da dimensão espiritual do homem. Levaram o pavor para o público, histeria. Todo mundo está assustado, todo mundo está apavorado. Meu leitor, não se preocupe com o coronavírus. O medo é a tática dos antifa, que trabalham com o pavor. Trabalham com a dúvida. E quando as pessoas ficam apavoradas, com medo, em dúvida, as pessoas ficam fracas, débeis e suscetíveis. O medo debilita o sistema imunológico, então qualquer ventinho que tiver é uma pneumonia. Lamentamos as mortes, é a vida. Morrer, vamos todos morrer um dia. Não adianta querer correr disso. É uma verdade. Está com medo da verdade? Resta saber se na guerra vamos morrer atirando ou cagando. Se recuarmos, os antifascistas crescem.

5. No meu entender, está superdimensionado o poder destruidor desse vírus. São raros os casos fatais de pessoas sãs com menos de 40 anos. Alguns vão morrer? Vão, ué, lamento. É a vida. Você não pode parar uma fábrica de automóveis porque há mortes nas estradas todos os anos. Lamento a situação que nós atravessamos com o vírus. Nos solidarizamos com as famílias que perderam seus entes queridos, a grande parte eram pessoas idosas. Mas é a vida.

6. Não sou coveiro, tá certo?

7. Você também quer alcançar a cura e a libertação dos problemas que têm atormentado a sua saúde e a dos seus familiares? Semanalmente, são milhares de testemunhos de quem recebeu a cura total pela cloroquina. Ah, não tem comprovação científica de que seja eficaz. Mas também não tem comprovação científica de que não tem eficácia. Nem que não tem, nem que tem.

8. O brasileiro tem que ser estudado, não pega nada. O cara pula em esgoto, sai, mergulha e não acontece nada. Por isso acreditei que se o vírus pegasse em mim, não sentiria quase nada. Pelo meu histórico de atleta, caso fosse contaminado pelo vírus, não precisaria me preocupar. Nada sentiria ou seria acometido, quando muito, de uma gripezinha ou resfriadinho. Fui atleta e levei facada. Depois da facada, não seria uma gripezinha que ia me derrubar, tá ok? Depois que a gente faz, a gente acha que podia ter feito melhor e não cometido o erro.

9. Em certo dia de 2020, numa meia-noite agreste, o agente infeccioso invadiu meu organismo pelas vias aéreas superiores, migrou para os meus pulmões e causou estragos ali. Foi uma balbúrdia no meu organismo. Morri de insuficiência respiratória. Mas a vida continua, não tem que ter histeria. Tem que tirar a histeria.

10. Acabou, porra! Morri, mas minhas palavras continuarão ardendo nos seus cus por séculos. Acabou! Mas ainda não terminou de acabar. Só vamos vencer a guerra contra o comunavírus, infelizmente, se um dia nós partirmos para o modelo dos Estados Unidos, matando uns 200 mil. Logicamente, a gente quer ter uma morte digna e deixar uma boa história para trás.

PARA O SEU SILÊNCIO VESTIDO EM SANGUE

Armison Rodrigues Pereira

calar é um crime.
calar é um crime que não cabe a nós
impedidos de sepultar os mortos.
não cabe a nós enterrar palavras
na boca.
contra o que afoga a força de um rio, diremos!
até murchar as flores do mal, diremos!
diremos até a inteira cinza descalçar nossos pés,
nossos lábios
nossos ossos
diremos até que a ferrugem se vá do lodo destas vozes atordoadas,
adormecidas,
diremos
porque é tempo ainda.

(junho, 2020)

Vinícius Ribeiro

talvez ainda dê tempo de reiniciar

Thaís Campolina

uma manchete sobre uma ameaça de golpe paira na tela lado a lado com segredos e dicas para:

a) comprar o melhor celular
b) investir o auxílio emergencial
c) economizar dinheiro
d) melhorar a nota no Serasa
e) se tornar um empreendedor
f) dormir bem
g) cortar carboidratos
h) emagrecer
i) se manter produtivo

não tem nada sobre ganhar dinheiro dormindo
ninguém acredita mais nisso
mas ainda tem quem creia em cloroquina cápsulas de vitamina D [anitta
e em um certo Messias

no pé da página
as notícias dizem:
bilionários cada vez mais ricos

extrema pobreza em ascensão
violência doméstica também

clique aqui se você está ciente e não quer continuar

*

Daguito Rodrigues

ding-dong.

Você abre a porta. É o Bolsonaro com um vaso de orquídeas. Diz que veio visitar. Pergunta como estão as coisas, se a sua esposa não pode passar um café ou servir um bolo, quer saber como andam as namoradinhas do seu filho, se a sua filha já arrumou um marido rico, quando você vai trocar de carro, zoa o seu time de futebol, sua camiseta estampada com detalhes rosa, coisa de baitola, aponta um rasgo no tapete e uma mancha no sofá, chuta o cachorro "que deve tá com pulga" e pergunta "se é pavê ou pacumê". Talkei? Claro que é mentira. Bolsonaro jamais apareceria com orquídeas.

OS NETOS DE EICHMANN

Marcelo Alcaraz

Começo este texto inspirado por um título de um ensaio de outro autor, Gunther Anders, *Nós, os filhos de Eichmann*. Faço isso, não por preguiça, mas como uma homenagem ao texto atualíssimo de Anders, que escreveu não somente sobre Eichmann mas também sobre o piloto de Hiroshima, Claude Eatherly, figuras emblemáticas do nosso tempo.

O pensador alemão e também sua ex-companheira Hannah Arendt refletiram sobre Eichmann. Arendt, provocou uma celeuma irreparável com a comunidade judaica por não reconhecer, de modo corajoso, a maldade intrínseca no caráter de Eichmann. Ao encontrá-lo pessoalmente, verificou estupefata apenas a existência de um homem comum, um burocrata incapaz de desobedecer a ordens.

No seu julgamento, em Jerusálem, Eichmann limpava o nariz o tempo todo, mostrava-se constipado, enfermiço. Todos os presentes buscavam traços de um monstro, Hannah constatou a presença de um bossal assalariado. Sim, no fundo era um assassino incapaz de sentir empatia pelos milhares de vítimas que, a partir de uma logística da morte, foram empurradas para o fim; ele, assim como nós diante da tv, nada sentia. Um assassino inconsciente dos seus atos, incapaz de imaginar o dano que provocou.

Fascismo, capitalismo, e sociedade tecnológica são elementos sociais interligados. A falta de empatia de Eichmann e do piloto de Hiroshima, a ausência do sentimento de culpa das duas figuras históricas, são, segundo Anders, influência da sociedade capitalista e tecnológica. Nessa sociedade, as atividades humanas são inconscientes e parceladas, tanto o burocrata Eichmann quanto o piloto Eartherly não visualizaram os rostos contorcidos e nem presenciaram o sofrimento das vítimas. O gás, o avião, a potência da bomba as mataram, eles apenas apertaram o botão.

Nós somos os netos de Eichmann, vivemos impassíveis um dos piores momentos da nossa história sem sair de casa, estamos impotentes como vítimas sem a lucidez dos agentes da história. Não podemos sair às ruas, devido a uma grave pandemia, mas podíamos ter gritado, assoviado, batido horrendas panelas. Não fizemos nada disso.

Semelhantes a personagens de Beckett, patéticos e sem vestígio de lirismo. Uma solução mágica virá, quem sabe uma vacina, Godot está perto, nos salvará. Não podemos fazer nada, um fascista nos disse, morreremos, é inevitável. Godot é nosso deus, não há de faltar na hora certa.

Os fascistas do passado sempre souberam se comunicar com as massas, os atuais são inábeis com as palavras, colocar uma simples máscara de proteção pode tornar-se uma tarefa hercúlea; estamos numa nuvem de ópio cuspida por gafanhotos.

Nós, no Brasil, somos os netos e bisnetos de Eichmann, herdeiros do seu legado, não podemos mais gritar. O tempo do grito já passou. Mais de 100 mil padeceram, irmãos? Quantos mortos ainda virão, duzentos mil, trezentos? Acreditamos em uma mentira após a outra e numa manhã de domingo acordamos assustados, constatando que tudo não passou de um grande engodo. Esse país, nossas vidas, um irremediável engodo.

Quem sabe, com o tempo, ainda possamos encontrar, não uma solução para tal lugar, mas a capacidade de ainda sentir vergonha. Contudo isso pode nunca acontecer, e um garçom mascarado nos alcance mais um chopp.

■ primeira edição
■ janeiro de 2021